AF456540

19 Novembre 1881.

VENTE DU SAMEDI 19 NOVEMBRE 1881

HOTEL DROUOT, SALLE N° 8

TABLEAUX

ANCIENS

EXPOSITION PUBLIQUE

Le vendredi 18 novembre 1881

DE 1 HEURE A 5 HEURES

COMMISSAIRE-PRISEUR

Mᵉ PAUL CHEVALLIER, Succʳ de Mᵉ CHARLES PILLET

10, RUE DE LA GRANGE-BATELIÈRE

EXPERT

M. E. FÉRAL, 54, rue du Faubourg Montmartre.

CATALOGUE

DE

TABLEAUX ANCIENS

ŒUVRES DE

VAN ASCH, BACKHUYSEN, BERGHEM, DROLLING, ELZHEIMER

B. GAEL, HEEMSKERK, LANTARA, MALLET, POELENBURG, TENIERS, ETC.

CHARMANT PORTRAIT DU DUC DE BERWICK, ENFANT

PAR

H. DROUAIS

DONT LA VENTE AURA LIEU

HOTEL DROUOT, SALLE Nº 8

Le samedi 19 novembre 1881

A DEUX HEURES

COMMISSAIRE-PRISEUR

Me PAUL CHEVALLIER, Succr de Me CHARLES PILLET

10, RUE DE LA GRANGE-BATELIÈRE

EXPERT

M. E. FÉRAL, 54, rue du Faubourg-Montmartre.

Chez lesquels se trouve le présent Catalogue.

Exposition Publique : le Vendredi 18 Novembre 1881.

De une heure à cinq heures.

CONDITIONS DE LA VENTE

Elle sera faite au comptant.

Les adjudicataires payeront *cinq pour cent* en sus des enchères.

Paris. — Typ. Pillet et Dumoulin, rue des Grands-Augustins, 5.

DÉSIGNATION

ASCH (JEAN VAN)

1 — Paysage. — Effet de soleil couchant.

A droite, l'entrée d'un bois; au centre, des femmes lavent du linge au bord d'un ruisseau; vers le fond, à gauche, un carrosse traîné par quatre chevaux.

Fin et bon tableau du maître.

BACKHUYSEN (LUDOLF)

2 — Plage à marée basse.

Sur le devant, un bateau de pêcheurs jeté sur le sable; vers le fond, quelques bateaux à voiles et un navire de guerre tirant une bordée.

BASSANO (JACOPO)

3 — Les Forges de Vulcain.

BELLINI (Attribué à JEAN)

4 — Le Sommeil de l'Enfant Jésus.

BERGHEM (NICOLAS)

5 — Animaux dans un paysage.

Au premier plan, quatre vaches et un mouton au repos sous la garde d'un berger; vers le fond, des rochers près desquels un laboureur conduit sa charrue.

BEYEREN (Attribué à ADRIAAN VAN)

6 — Gibier, fruits et poissons sur une table de cuisine.

BLOEMEN (PIERRE VAN)

7 — Paysage accidenté avec cavalier au premier plan.

BOUCHER (d'après F.)

8 — Enfants jouant avec une cage d'oiseaux.

BOULLONGNE (BON)

9 — Sujet mythologique.

Bon tableau peint dans le sentiment des œuvres du Poussin.

BOONEN (A.)

10 — Cérès cherchant Proserpine.

BRAKENBURG (RÉGNIER)

11 — Intérieur de cabaret.

BREDEL (LE CHEVALIER)

(DEUX PENDANTS)

12 — Combats de cavaliers au bord d'une rivière.

Fins petits tableaux, sur cuivre.

BRONZINO (Attribué au)

13 — Portrait de jeune femme en buste.

CORTONE (PIETRO de)

14 — Triomphe de Bacchus.

CORTONE (PIETRO de)

15 — L'Hyménée d'Atalante.

COYPEL (NOEL)

16 — Flore et Zéphyr.

Gracieuse composition de forme ovale.

DE HEEM (CORNEILLE)

17 — Raisins, poires, pêches et légumes posés dans un plat ou jetés à terre.

DESHAYS (J.B)

(DEUX PENDANTS)

18 — Guerrier au repos. — Morphée.

DOMINIQUIN (ZAMPIERI dit le)

19 — Vision de saint Jean.

DROLLING (MARTIN)

20 — **La Demande accordée.**

Composition d'une remarquable finesse d'exécution.

DROUAIS (HUBERT)

21 — Charles-Ferdinand Stuart, milord de Finmouth, marquis de la Jamaïque, âgé de onze ans, fils unique de Son Excellence Monseigneur le duc de Berwick.

3120 — Féral

Il est vu à mi-corps, jouant du luth, la tête presque de face, les cheveux blonds, légèrement poudrés ; il porte un élégant costume espagnol en soie noire avec bouffettes de satin bleu et petit manteau; collerette tuyautée et manchettes en guipure.

Ce ravissant portrait a tout le charme des plus belles œuvres de l'artiste.

Toile ovale. Haut., 71 cent.; larg., 60 cent.

DROUAIS (attribué à)

22 — **Portrait présumé de Linné.**

ELZHEIMER (ADAM)

23 — L'Annonce aux bergers.

Un ange éclairé par un rayon lumineux annonce la naissance du Sauveur; des petits chérubins voltigent au-dessus d'eux.

Bon et important tableau de l'artiste.

FLINCK (GOVAERT)

24 — **Famille hollandaise réunie dans un paysage.**

FRANCIA (genre de FRANCESCO)

25 — La Vierge, l'Enfant Jésus et un saint personnage.

GAEL (BARENT)

26 — Paysage et cavaliers en marche.

Bon tableau d'un ton chaud et doré, rappelant les œuvres d'Albert Cuyp.

GIORDANO (LUCA)

27 — Icare.

GIORGIONE (Ecole du)

28 — La Vierge, l'Enfant Jésus et saint Jean.

HAUNEMAN (ADRIEN)

29 — Portrait d'homme.

Vu jusqu'à la ceinture, vêtement noir, la main gauche sur la poitrine.

Signé et daté.

HEEMSKERK (EGBERT VAN)

(DEUX PENDANTS)

30 — Le Marchand de poissons. Les Moines pourvoyeurs.

Deux fins tableaux d'un ton blond et transparent, dignes du pinceau d'Adrien Brauwer.

HOLBEIN (Ecole de)

30 bis — Portrait d'un réformateur.

HUYSMANS (CORNELIS)

31 — Paysage de forme ronde.

Cuivre.

LANTARA (SIMÉON MATHURIN)

32 — Paysage coupé par une rivière; à droite, des rochers avec cascades; au premier plan, des animaux.

LE PRINCE (J.B)

33 — Le Rendez-vous dans le parc.

Jolie esquisse en grisaille.

LESUEUR (EUSTACHE)

34 — Le Christ en croix et les saintes femmes.

Peinture sur fond d'or.

MAGNASCO

(DEUX PENDANTS)

35 — Paysages avec rochers.

Toiles ovales.

MALLET (JEAN-BAPTISTE)

36 — Le Serment.

Fin et précieux petit tableau.
Signé.

MANFREDI (BARTHÉLEMY)

37 — Femme Napolitaine.

MARATTA (CARLO)

38 — Le Repos de la sainte Famille.

MENGS (RAPHAEL)

39 — Portrait d'un artiste.

MIEREWELT (genre de)

40 — Portrait d'homme.

Il porte une collerette, un vêtement noir, la main droite sur la poitrine.

MIGNARD (PIERRE)

41 — Le Baptême du Christ.

MIGNARD (genre de)

42 — Portrait de femme en buste, vêtue d'une robe blanche décolletée.

PATEL

43 — Paysage avec monuments en ruines.

PILLEMENT

44 — Paysage coupé par une rivière.

Au premier plan, des bergers conduisent un troupeau de vaches et de chèvres.

POELENBURG (KORNELIS)

45 — Vertumne et Pomone.

POELENBURG (KORNELIS)

46 — Pyrame et Thisbé.

POELENBURG (attribué à)

47 — L'Adoration des bergers.

QUERFURT

48 — Halte de cavaliers devant une auberge.

RECCO

49 — Poissons de mer posés au pied d'un rocher.

REMBRANDT (d'après)

50 — La Famille du menuisier.

ROSA (SALVATOR)

51 — Saint Jérome.

ROTTENHAMER (JOHANN)

52 — Diane et ses nymphes surprises par Actéon.

SEGHERS (DANIEL)

53 — Guirlande de fleurs.
Fin tableau de l'artiste.

SEGHERS (DANIEL)

54 — Fleurs dans un plat en faïence.

STOCKLIN (?)

55 — **Intérieur d'Eglise animé par de nombreux personnages.**

Ce tableau porte une signature en partie illisible, que nous croyons être Stocklin et la date 1775.

STELLA

56 — Repos de la Sainte Famille.

STORK (ABRAHAM)

57 — **Mer houleuse.**

Au centre, des bateaux se dirigeant vers un phare que l'on aperçoit sur la gauche, à l'entrée d'un port, au pied de hautes montagnes.

TEMPEL (VAN DEN)

58 — **Portrait d'homme.**

Il porte une perruque blonde bouclée et une robe de chambre en soie violette.

TENIERS (DAVID)

59 — Saint François et l'Enfant Jésus.

Fin et spirituel tableau du maître, peint dans le sentiment de Murillo.

TENIERS (attribué à D.)

60 — Le Corps de garde de singes.

Le chef du poste examine un chat qu'on lui amène; vers le fond, d'autres singes jouent aux cartes devant une cheminée.

Effet de lumière.

Fin petit tableau. — Signé.

TINTORET (d'après J. ROBUSTI, dit le)

61 — Nymphes dans un paysage.

TINTORET (genre du)

62 — La Cène.

Peinture sur bois, dans un cadre sculpté.

TITIEN (attribué à Vecelli, dit le)

63 — Hérodiade portant la tête de saint Jean.

VENNE (attribué à VAN DER)

63 bis — Paysage avec nombreux personnages.

VINCENT (G.)

ÉCOLE ANGLAISE

64 — **Paysage accidenté.**

Au premier plan, des vaches sur un chemin fuyant vers la gauche; sur les côtés, des monticules; vers le fond, un moulin à vent.

Belle peinture, d'un ton chaud et lumineux.

VITELLI (GASPARD VAN)

65 — Vue de la place Saint-Marc, à Venise.

Tableau clair et brillant, animé par de nombreux personnages.

WOUWERMAN (attribué à PIERRE)

66 — **Bataille.**

Au premier plan, des cavaliers s'attaquent avec furie.

ZAFTLEVEN (HERMANN)

67 — Paysage.

Vu prise au bord du Rhin.

ZOLMAKER

68 — Paysage.

Au centre, deux bergers chassent devant eux deux vaches et une chèvre.

ECOLE ANGLAISE

69 — Etude de rochers.

ECOLE ESPAGNOLE

70 — Héraclite.

ECOLE FLAMANDE (XVIIe siècle.)

71 — Triptyque.

Au centre, le Calvaire; sur les volets, le Christ portant la croix et la Mise au tombeau.

ECOLE FLAMANDE

72 — Sainte Tyburtine.

ECOLE FRANÇAISE

73 — Portrait d'une petite fille tenant une fleur de grenadier.

Toile ovale.

ECOLE FRANÇAISE

74 — Portrait de jeune femme.

ECOLE FRANÇAISE

75 — Jeune femme pinçant de la harpe.

Pastel.

ECOLE FRANÇAISE

76 — Jeune fille assise.

Pastel ovale.

ECOLE HOLLANDAISE

77 — Petit portrait en pied d'une fillette tenant un œillet.

ECOLE HOLLANDAISE

78 — Portrait de femme vêtue de noir et tenant son mouchoir.

ECOLE ITALIENNE

79 — Une sainte tenant un livre.

ECOLE ITALIENNE

80 — Portrait de quatre personnages.

ECOLE ITALIENNE

81 — La Vierge, assise dans un paysage, tient l'Enfant Jésus sur ses genoux.

ECOLE ITALIENNE

82 — Saint personnage rendant la vue à un guerrier.

ECOLE NAPOLITAINE

83 — Repas sur la terrasse d'une maison italienne.

ECOLE NAPOLITAINE

(DEUX PENDANTS)

84 — Personnages groupés autour d'un feu.

Intérieur de maison italienne.

ECOLE VENITIENNE

85 — Portrait de jeune femme avec les attributs de sainte Agathe.

ECOLE VENITIENNE

86 — Une sainte tenant une palme.

87 — Sous ce numéro seront vendus quelques cadres dorés, en bois sculpté.

www.ingramcontent.com/pod-product-compliance
Ingram Content Group UK Ltd.
Pitfield, Milton Keynes, MK11 3LW, UK
UKHW022150260726
13993UKWH00005B/2281